Albtraum Hochzeitstag

Ein Kurzkrimi von

Kurt von der Heide

Alle Personen sind frei erfunden. Jede Ähnlichkeit mit lebenden oder bereits verstorbenen Personen ist rein zufällig!

Dieses Buch wurde geschrieben, gedruckt, ausgeliefert und bezahlt ohne staatlich-lippische Begabtenförderung!!

Bibliografische Information der Deutschen Nationalbibliothek:

Die Deutsche Nationalbibliothek verzeichnet diese Publikation in der Deutschen Nationalbibliografie; detaillierte bibliografische Daten sind im Internet über http://dnb.dnb.de abrufbar.

Herstellung und Verlag: BoD – Books on Demand, Norderstedt ISBN: **978-3-7526-6722-6**

Albtraum Hochzeitstag

Ein Kurzkrimi von

Kurt von der Heide

Es war der 20. August in einem kleinen Dorf, das vor den Toren der Großstadt lag. Der Halbmond schien um eine Minute nach Mitternacht durch die Fenster des Einfamilienhauses am Ende der Sachsenstraße, einer Sackgasse.

In diesem Haus wohnten Mathias und Regina Schmall. Eine Gestalt bewegte sich ohne Licht langsam und vorsichtig, aber gezielt auf das Schlafzimmer des Ehepaares zu. Die Helligkeit des Mondes schien der Person auszureichen, den richtigen Weg zu finden.

Die Tür zum Schlafzimmer stand auf und im Bett lag nur eine Person. Was hatte die Gestalt vor? Es schien nichts Gutes zu sein! Dann geschah das Unfassbare: kaum stand die Gestalt in der Tür, griff sie nach links und machte das Licht an! Die Person im Bett, es war Mathias Schmall, murmelte etwas unverständliches und blinzelte in die unerwartete Helligkeit. Doch was er sah, ließ ihn sofort hellwach werden.

Der nächtliche Ruhestörer war niemand anders als seine Frau Regina! Nun konnte man auch einen Blick in das Zimmer werfen.

Es war nicht groß, aber zweckmäßig und geschmackvoll eingerichtet. Was in diesem Sinne „zweckmäßig" bedeutet, war schnell zu erkennen. Von der Tür aus gesehen links, stand an der Wand ein Schminktisch.

Ein Stück weiter, an der Außenseite des Zimmers, gab es zwei Fenster. An der rechten Wand, dicht neben der Tür beginnend, stand ein großer Kleiderschrank, dessen ganze Front aus Spiegelglas bestand. Die Wände waren in verschiedenen Grau- und Brauntönen gestrichen, was sehr gut zueinander passte.

Der ganze Raum war mit einem dicken hellen Teppich ausgelegt. Jeder der darüber ging, sank etwas darin ein. Direkt gegenüber dem Spiegelschrank stand das Bett. Mit den Maßen von 200cm x 200cm war es eine sehr schöne Spielwiese.

Mitten über dem Kopfende des Bettes hing ein extra großes Bild mit der nackten Venus! Zusätzlich gab es am Kopfende einen Überbau mit einem eingebauten CD-Player. Den schaltete Regina jetzt mit einer Fernbedienung ein und leise Musik war nun zu hören.

Vier Strahler waren an der Decke angebracht. Einer leuchtete die Venus an, die anderen drei das Bett. Sie konnten bestimmt grelles und helles Licht verbreiten, aber jetzt bewirkten sie eine warme und angenehme Helligkeit.

Etwas Besonderes gab es aber noch: Die Kopfkissen hoben sich durch ihr königliches Blau deutlich vom Rest des Zimmers ab. Bettdecke und Laken schienen aus weißer Seide zu sein. Darauf abgebildet waren Männer und Frauen in verschiedenen Stellungen beim Liebesakt.

Mathias hatte sich im Bett aufgesetzt. Da er wegen der hohen sommerlichen Temperaturen ohne Jacke und in kurzer Hose geschlafen hatte, konnte man seine sportliche und durchtrainierte Figur gut erkennen. Auf seiner Stirn waren kleine Schweißperlen zu sehen, denn mit seinen blauen Augen sah er gebannt auf Regina, die nun langsam auf ihn zukam und drei Schritte vor ihm stehen blieb.

Sie sah ihm in die Augen und flüsterte ihm zu: „Alles Gute zum 20. Hochzeitstag, mein Liebling!"

Dann begann Regina sich für ihren Mann auszuziehen! Nein, nicht einfach auszuziehen, sie entblätterte sich regelrecht, langsam und mit lasziven Bewegungen!

Regina war 45 Jahre alt, hatte hellblonde, kurze Haare, braune Augen und hätte mit ihrer Figur immer noch jeden Stein zum Schmelzen gebracht! Barfuß und zu allem bereit, stand sie vor ihrem Mathias. Die beiden kannten sich schon seit ihrer Schulzeit. Er war nur ein Jahr älter als sie und heute begingen die beiden ihren 20. Hochzeitstag. Ein Tag, den die zwei nie vergessen würden!

Mathias war der Mann, den sie über alles liebte und heute wollte sie ihn für die vergangenen Jahre belohnen und etwas Besonderes bieten!

Regina begann die Knöpfe an ihrer weißen Bluse zu öffnen – langsam und einen nach dem anderen. Ihr Mann konnte keinen Blick von ihren Händen wenden. Die Bluse saß nämlich hauteng und war auch ein wenig durchsichtig. Der Busen und die großen Brustwarzen zeichneten sich sehr deutlich darunter ab.

Regina war jetzt beim letzten Knopf angekommen. Mit der rechten Hand knöpfte sie auf und mit der linken hielt sie das Oberteil so zusammen, dass nur die Ansätze ihrer Brüste und der Bauchnabel zu sehen waren.

Sie wartete einen Augenblick, dann ließ sie ihre Bluse los und bedeckte ihren Busen blitzschnell mit beiden Händen. Was ihr aber bei dieser tollen Oberweite nur notdürftig gelang. Die Frau bot wirklich eine großartige Show und es sollte noch sehr viel besser kommen! „Mach die Augen zu!" forderte sie ihren Mann auf.

Der gehorchte widerwillig. Sie zog sich schnell die Bluse aus und warf sie ihm über den Kopf. Dann drehte sie sich um und Mathias konnte, nachdem er die Bluse abgeworfen hatte, ihren nackten Oberkörper von hinten bewundern. Er neigte seinen Kopf zur Seite und konnte so ihre tolle Oberweite in dem Spiegelschrank bewundern.

Seine Frau sah das natürlich und begann ihre Brüste zu streicheln und zu kneten. Dabei nahm sie auch die Nippel zwischen Daumen und Zeigefinger und drückte sie vorsichtig.

Jetzt begann Regina langsam ihren schwarzen Minirock auszuziehen. Sie schob ihn über Po und Oberschenkel nach unten und beugte sich dabei weit nach vorne, so dass ihre Brüste auch nach unten hingen. Der knackige Po, bedeckt mit einem kleinen weißen Slip, kam Stück für Stück zum Vorschein, bevor ihre makellosen Beine komplett zu sehen waren. Nachdem der Rock ihre Knie erreicht hatte, ließ sie ihn einfach fallen. Ihr Mann wurde immer unruhiger und die ersten Schweißperlen standen auf seiner Stirn.

Regina richtete sich auf und drehte sich langsam um. *„Hier bist du richtig!"* stand auf dem Slip zu lesen – mit einem Pfeil nach unten. Sie sah ihrem Mann in die Augen und begann langsam das Höschen auszuziehen. Doch sie hielt inne, nachdem gerade der Ansatz ihrer Scham zu sehen war.

Mit der rechten Hand begann sie wieder ihre Brüste zu liebkosen. Mit geschlossenen Augen und leicht geöffneten Lippen genoss sie ganz offensichtlich die Zärtlichkeiten!

Mathias hielt es nicht mehr aus und er wollte sich erheben und das Bett verlassen.

„Nicht, bleib sitzen!" forderte sie ihn auf. Regina machte einen Schritt auf ihren Mann zu, blieb aber außerhalb seiner Reichweite stehen. Sie änderte jetzt ihre Taktik und zog nun mit einem Ruck ihr Höschen herunter und ließ es fallen. Gespannt beobachtete sie die Reaktion ihres Mannes.

Als dieser Regina nun nackt vor sich stehen sah, musste er alle Kraft aufbringen, um sich nicht seine paar Sachen vom Leib zu reißen und sofort über sie herzufallen. Seine Frau war wirklich wunderschön. Wenn es einen perfekten und makellosen Körper wirklich gab, dann gehörte ihrer auf jeden Fall dazu!

Regina trat nun dicht an ihren Mann heran. Der streckte seine Arme aus und begann ihre Brüste zu massieren und wollte dann eine Hand tiefer wandern lassen. Seine Frau genoss diese Liebkosungen einen Augenblick, dann schlug sie ihm spielerisch auf die Hände und meinte: „Hände weg, noch bin ich dran!"

Überrascht gehorchte Mathias. Regina beugte sich zu ihm hinunter, gerade soweit, dass er mit seinem Mund ihre Brustwarzen berühren konnte, was er dann auch sofort ausnutzte.

Plötzlich trat Regina einen Schritt zurück und gab die Anweisung: „Steh auf und zieh deine Hose aus!"

Nichts lieber als das! In Rekordzeit lag die kurze Hose von Mathias neben ihm auf dem Teppich. Da er darunter keine Unterhose trug, war es jetzt an Regina, gebannt auf das zu sehen, was da zum Vorschein kam!

Seine Frau musste schlucken und jetzt war sie es, die sich mit aller Kraft zurückhalten musste, um nicht über ihren Mann herzufallen. Regina stand jetzt nur noch Zentimeter vor ihrem Mathias. Sie spürte seinen Atem, die Hitze seines angespannten und verschwitzten Körpers.

Die beiden sahen sich in die Augen, ihre Lippen fanden sich zu einem endlosen Kuss. Die Fingernägel der Frau krallten sich in seinen Rücken, während seine Hände ihren Po kneteten. Das Stöhnen der zwei wurde immer lauter, die Gier den Körper des anderen ganz zu besitzen, steigerte sich.

Regina gab ihrem Mann einen Stoß. Der fiel mit dem Rücken auf das Bett und blieb so liegen. Seine Frau nahm die Einladung an und ließ sich langsam auf ihn nieder…

***

Mathias Schmall trank einen letzten Schluck Kaffee und erhob sich dann vom Frühstückstisch. Er sah seine Frau verliebt an.

Sie hatte es geschafft, nach dieser phantastischen Nacht in der beide kaum Schlaf bekommen hatten, noch ein tolles Frühstück mit einem extra starken Kaffee zu zaubern. Es wurde Zeit, dass er sich auf den Weg zu seiner Arztpraxis machte.

Mathias war Augenarzt und hatte seine Praxis in der Innenstadt. Da er mit seiner Frau Regina ein Haus in einem Dorf vor der Stadt bewohnte, musste er täglich 20-25 Min. mit dem Auto zur Arbeit fahren.

Da seine Praxis um 8:00 Uhr öffnete fuhr Mathias immer zwischen 7:00 und

7:15 Uhr aus dem Haus. Er verabschiedete sich mit einem Kuss von seiner Frau.

„Was hast Du heute vor?" wollte er von Regina wissen. „Ich habe um 9:30 Uhr den Termin beim Internisten. Danach gehe ich über den Markt und kaufe für heute Abend frischen Fisch." Sie begann schon wieder die Knöpfe an ihrer Bluse zu öffnen.

„Nach dem Essen können wir ja überlegen, wie wir dann unseren Hochzeitstag ausklingen lassen!" Regina fuhr sich mit der Zunge verführerisch über ihre roten Lippen.

Mathias verließ jetzt fluchtartig das Haus, ging zu seinem Auto und fuhr los. Seine Frau sah ihm nach und winkte lachend. Die beiden führten seit zwanzig Jahren eine gute und glückliche Ehe, die leider Kinderlos geblieben war. Regina begann den Tisch abzuräumen und sah dabei kurz auf die Uhr an der Wand. Sie wollte pünktlich beim Arzt sein. Regina war schon seit fast drei Wochen krankgeschrieben und hoffte auf jeden Fall nächste Woche wieder ihren Job als Sportlehrerin an der Realschule ausüben zu können.

Mathias hatte in der Praxis sehr viel zu tun. Er war noch mit einem Patienten beschäftigt, da kam eine der drei Arzthelferinnen gegen 9:50 Uhr zu ihm ins Behandlungszimmer.

„Herr Doktor, Ihre Frau ist am Telefon. Sie sagt, es sei sehr wichtig. Ich habe das Gespräch auf Leitung zwei gelegt."

„Danke Beate, dann muss sie noch eine Minute warten, bis ich mit dem Patienten fertig bin."

Die Arzthelferin verließ den Raum und der Patient nach 2-3 Min. ebenfalls. Die ganze Zeit blinkte die rote Lampe an der Telefonanlage. Mathias drückte den Knopf und nahm den Hörer ab.

„Hallo Schatz, was gibt es denn so wichtiges?" wollte er wissen. Er ging davon aus, dass am anderen Ende der Leitung seine Frau war. Zu seiner Überraschung wurde Mathias von einer Männerstimme angebrüllt.

„Warum dauert das so lange, du Penner? Das Leben Deiner Frau ist Dir wohl nichts wert?"

Mathias lief es auf einmal eiskalt den Rücken runter. „Das Leben meiner Frau?" fragte er entsetzt.

„Ja, wir haben Deine Frau und wenn Du sie lebend wiedersehen willst, dann zahlst Du an uns 400000 Euro! Du hast Zeit bis 16:00 Uhr. Das Geld tust Du in den Koffer, der in Deinem Wohnzimmer steht. Da ist etwas drin, das beweist, dass wir Deine Frau wirklich haben! Noch etwas: keine Polizei, keine Polizei! Sonst siehst Du Deine Frau nie wieder!

Wir melden uns bei Dir!" Der Entführer beendete das Gespräch.

Seine Frau entführt! Wieso, warum gerade sie? Wegen Geld? Sie waren zwar nicht arm, aber auch keine Millionäre.

Mathias saß eine ganze Weile regungslos da. Wie lange wusste er nicht, bis seine Arzthelferin hereinkam und sagte: „Herr Doktor, der nächste Patient wartet!"

„Schicken Sie alle Patienten wieder weg und sagen Sie für heute alle Termine ab. Ich muss sofort nach Hause und bin heute nicht mehr zu erreichen!"

Mathias zog seinen Kittel aus, warf ihn achtlos über den Stuhl und stürmte an staunenden Patienten und ungläubig dreinschauenden Personal vorbei, ohne ein weiteres Wort aus der Praxis hinaus. Auf dem Weg zum Auto, hatte er das Gefühl, in einem schlechten Traum unterwegs zu sein.

Er setzte sich ins Auto und fuhr so schnell es ging nach Hause. Mathias konnte sich kaum auf den Verkehr konzentrieren und hätte beinahe zwei Unfälle verschuldet.

Zu Hause angekommen lief er direkt ins Wohnzimmer und sah sofort einen silbernen Alukoffer auf dem Tisch stehen. Er öffnete ihn mit zittrigen Händen. In dem Koffer lagen der Ehering und die Bernsteinkette seiner Frau.

Mathias bekam Gänsehaut. Es war ein seltsames Gefühl, wenn er daran dachte, dass hier vor kurzer Zeit noch die Entführer seiner Frau gestanden hatten. Als ihm bewusst wurde, dass dieser Koffer bis vor kurzem auch von den Verbrechern benutzt worden war, überkam ihn so ein Ekelgefühl, dass er sich beinahe übergeben hätte.

Der Doktor griff jetzt zum Telefon und rief bei seiner Bank an. Es war gut, dass er dort schon seit vielen Jahren Kunde war und auch den Direktor persönlich kannte. So konnte er, zwar mit Schwierigkeiten, aber doch rechtzeitig, das Geld abholen.

***

Dann setzte Mathias sich hin und dachte über seine weiteren Schritte nach. Er war hin und her gerissen, aber nach einer Weile griff er doch zum Telefon und rief die Polizei an. Er wurde verbunden mit Oberkommissar Richard Sager.

Nachdem Mathias geschildert hatte, um was es ging, meinte der Kommissar:

„Es war vollkommen richtig, dass Sie uns angerufen haben! Können Sie denn das Geld rechtzeitig besorgen?"

„Ich habe schon mit der Bank gesprochen und vom Direktor die Zusage erhalten, dass ich das Geld bekomme", erwiderte der Doktor.

„Ich werde ein paar Beamte in Zivil schicken, die erst einmal die Lage sondieren. Es könnte ja sein, dass Ihr Haus noch beobachtet wird, weil die Entführer sicher sein wollen, dass Sie uns nicht einschalten. Gibt es bei Ihnen eine Möglichkeit ungesehen ins Haus zu kommen, eventuell über die Terrasse?" wollte der Kommissar wissen.

„Ja, das geht!" antwortete Mathias. „Das Haus liegt am Ende einer Sackgasse. Wenn Sie die Parallelstraße nehmen, den Ostpreußenweg, ist dort ein kleiner Fußweg, der direkt an unserem Grundstück vorbeiführt. Ganz früher war an der Straße mal eine Bushaltestelle und heute steht an dieser Stelle ein neuer Schaukasten."

Einen kurzen Moment war es still in der Leitung, dann erwiderte der Kommissar: „Dann weiß ich Bescheid.

Unternehmen Sie weiter nichts bis wir da sind. Wir sehen uns gleich bei Ihnen." Damit war das Gespräch beendet.

Jetzt, ausgerechnet jetzt nach diesem Gespräch, begann Mathias zu zweifeln. Hatte er alles richtig gemacht? Aber es gab nun kein Zurück mehr.

Er ging in die Küche, um da aus dem Fenster zu sehen. Der Kommissar wollte doch Leute schicken, die sich draußen davon überzeugen sollten, dass das Haus nicht beobachtet wird. Mathias drückte eine halbe Stunde lang seine Nase am Fenster platt, doch er sah niemanden! War das ein gutes oder ein schlechtes Zeichen?

„Hallo Herr Schmall, gibt es da

draußen etwas Besonderes zu sehen?"

Der Doktor erschrak fürchterlich, als er die Stimme hinter sich hörte. Er drehte sich um und sah einen ihm unbekannten Mann etwa drei Meter vor sich stehen. Der war groß, schlank und hatte blonde Haare.

Bevor Mathias etwas sagen konnte hielt ihm der Mann etwas hin – einen Ausweis. „Bleiben Sie ganz ruhig! Mein Name ist Richard Sager. Wir beide haben vorhin miteinander telefoniert."

Dem Doktor fiel ein Stein vom Herzen und die beiden begrüßten sich mit Handschlag.

„Wie kommen Sie so unbemerkt hier herein?" wollte Mathias natürlich wissen. „Als Sie mir von dem Fußweg erzählten, hatte ich sofort eine

Ahnung, wie die Entführer ins Haus kommen konnten", erwiderte der Kommissar. „Der Verdacht hat sich auch bestätigt. Für die Verbrecher war es geradezu eine Einladung durch den Fußweg zu kommen, zumal dieser teilweise durch sehr hohe Hecken nicht einzusehen ist. Durch die Terrassentür ins Haus zu kommen, war dann nur noch ein Kinderspiel. Meine Männer suchen an der Tür und im Fußweg nach Spuren, aber ich bin nicht besonders optimistisch."

Herr Sager sah den Doktor an. „Können Sie sich vorstellen, wer Ihnen und Ihrer Frau das alles antun würde? Haben Sie Streit mit jemanden, oder Ihre Frau? Gibt es Probleme mit Patienten, die Ihnen Behandlungsfehler vorwerfen? Jeder noch so kleine Hinweis ist jetzt wichtig und könnte uns helfen, die Entführer zu finden und damit auch Ihre Frau!"

Mathias schüttelte den Kopf. „Ich habe mir die ganze Zeit den Kopf darüber zerbrochen, aber ich komme zu keinem Ergebnis. Die Entführer müssen meine Frau total überrascht haben, sonst wäre es ihnen mit Sicherheit nicht so leichtgefallen, sie zu überwältigen und mitzunehmen!"

Der Kommissar sah ihn erstaunt an. „Wie meinen Sie das?"

„Regina hat einen schwarzen Gürtel in Karate und auch schon Preise und Pokale bei Wettkämpfen gewonnen!"

„Das könnte ihr helfen, diese Situation besser zu überstehen", kommentierte der Kommissar diese neue Information.

Die beiden gingen ins Wohnzimmer. Dort war eine Frau gerade damit beschäftigt einen Koffer zu öffnen, der voll mit technischem Equipment war.

„Das ist meine Kollegin Frau Spork. Sie wird sich gleich in Ihre Telefonanlage und Ihr Handy einwählen. Wir gehen davon aus, dass sich die Entführer wie angekündigt melden und Ihnen Anweisungen geben, wohin Sie das Geld bringen sollen. So können wir dann alle Gespräche aufzeichnen, mithören und wenn wir Glück haben, auch noch zurück verfolgen. Später werden Sie dann noch verkabelt, damit wir hören, was Sie sagen und wir immer Ihren Standort haben."

Im Garten standen drei weitere Beamte zusammen und unterhielten sich. Der Kommissar ging zu ihnen. Kurze Zeit später kam er wieder herein und meinte zu Mathias:

„Es ist so wie wir vermutet haben. Es gibt weder im Garten, im Fußweg und auch hier im Haus keine Spuren von den Entführern. Wir müssen anders vorgehen. Wann können Sie das Geld abholen?"

„Um 15:00 Uhr und um 16:00 Uhr wollen sich die Entführer bei mir melden", erwiderte der Doktor.

Regina kam langsam wieder zu sich. Sie hatte Kopfschmerzen und ihr war übel. Als die Frau des Doktors ihre Augen aufschlug, wurde sie von grellem Licht geblendet. Nachdem Regina sich an die Helligkeit gewöhnt hatte, registrierte sie, dass sie auf einer Matratze lag, über die einfach eine Decke geworfen war.

Mühsam richtete sie sich in sitzende Stellung auf und versuchte ihre Gedanken zu ordnen. Was war mit ihr geschehen? Wie kam sie hierher?

Regina erinnerte sich daran, dass sie auf einmal einen Stich in den rechten Oberarm gespürt hatte. Als sie sich umdrehte, sah sie zwei maskierte Personen vor sich stehen. Die Frau vom Doktor erschrak und nahm instinktiv die so oft beim Karatetraining geübte Abwehrstellung ein – zumindest wollte sie es, denn Regina musste feststellen, dass sie sich kaum bewegen konnte. Als sie ansetzte um laut los zu schreien, kamen nur ein paar leise und unverständliche Worte aus ihrem Mund.

„Gib Dir keine Mühe!" erklärte ihr einer der maskierten Männer mit einem fiesen Lachen. „Durch die Spritze bist Du in Bewegung und Sprache deutlich eingeschränkt. Das erleichtert uns unsere Arbeit sehr."

Jetzt saß Regina hier auf der Matratze und wusste nicht seit wann sie hier war und was diese beiden Männer mit ihr vorhatten. Vor allem fragte sie sich: „Warum gerade ich?"

Die Frau des Doktors sah sich nun den Raum an, in dem sie sich befand. Nur gab es nicht viel zu sehen. Regina war in einem Duschraum. Auf der gegenüber liegenden Seite waren drei Duschköpfe zu sehen und links hinter einer Trennwand ein WC. Ein kleines Stück weiter gab es eine Tür.

So schwer es Regina auch fiel, aber sie erhob sich und ging mit viel Mühe zur Tür. Doch die war natürlich abgeschlossen und hatte von dieser Seite keinen Griff zum Öffnen! Es gab kein Fenster, sondern nur ein paar Lüftungsschlitze waren zu sehen. Die Frau des Doktors war überzeugt davon, dass sie beobachtet wurde und beschloss keine Angst und Schwäche zu zeigen, obwohl ihr nicht danach zumute war. Regina wusste schließlich nicht, was noch alles auf sie zukam. Wie lange sie noch hier eingesperrt war und ob vielleicht sogar ihr Leben hier endete. Viele andere Entführungsopfer wären jetzt in Panik und Hysterie verfallen, aber nicht so diese Frau!

Regina ging zur Matratze, setzte sich, schloss die Augen und dachte ganz fest an ihren geliebten Mathias! Die mentale Stärke und die immer wieder geübte Selbstbeherrschung beim Karate waren ihr jetzt eine ganz große Hilfe.

***

Mathias fuhr um 15:00 Uhr zur Bank um das Geld zu holen. Dann sollte er, nach Absprache mit dem Kommissar, im Auto vor der Bank auf den Anruf der Entführer warten.

Um 15:35 Uhr saß der Doktor mit dem Geld im Auto. Alles an und bei ihm war verkabelt. Er selbst natürlich, der Koffer in dem das Geld war, sein Auto und in gewissen Sinn auch sein Handy.

Ein seltsames Gefühl war es, mit so viel Geld im Auto zu sitzen und die Gewissheit zu haben, von der Polizei und vielleicht auch den Entführern, beobachtet zu werden!

Um Punkt 16:00 Uhr kam der sehnsüchtig erwartete Anruf – vom Handy seiner Frau!

„Hast Du das Geld?" „Ja, aber wie

geht es meiner Frau? Ich will zuerst mit ihr…"

„Maul halten und zuhören. Hast Du die Bullen eingeschaltet?" „Nein, das habe ich nicht, aber…"

„Bist Du taub? Maul halten habe ich gesagt!" wurde Mathias von dem Entführer durch das Handy angebrüllt. „Fahr zum Schlosspark Eingang Ost. Ich melde mich!"

Weg war die Verbindung. Mathias atmete tief durch und machte sich auf den Weg. Beim Eingang angekommen parkte er sein Auto und musste dann zehn Minuten warten bis der nächste Anruf kam.

„Geh in den Park zur kleinen Kapelle. Der Seiteneingang ist auf." Schon war das Gespräch wieder beendet.

Mathias folgte den Anweisungen und betrat schon nach wenigen Minuten die Kapelle. Ungeduldig wartete er darauf, dass sein Handy klingelte.

„Rechts neben dem Altar ist eine schmale Tür. Geh in den kleinen Raum dahinter. Alles weitere steht auf einem Zettel den Du dort findest." Die Verbindung wurde getrennt.

Gesagt, getan. Der Doktor ging in den Raum. Dort fand er einen Rucksack auf dem ein Handy und ein Zettel lagen. Darauf stand geschrieben, nicht mit der Hand, sondern ausgedruckt:

„Nicht laut vorlesen! Mach Dein Handy aus und las es hier liegen. Wir telefonieren nur noch über das neue Handy! Außer wenn wir Dich anrufen, sprichst Du kein Wort! Du packst das

Geld aus dem Koffer ohne Banderole in den Rucksack und lässt den Koffer hier stehen. Dann gehst Du quer durch den Park in die Fußgängerzone. Geh dort in die Herrenboutique Thaler und kleide Dich komplett neu ein. Angefangen mit Schuhen und Socken. Da es heute heiß draußen ist, nimmst Du Dir eine kurze Hose und ein Hemd mit kurzen Armen. Das Hemd lässt Du weit offenstehen, damit man Deinen nackten Oberkörper sieht. Deine alten Sachen bleiben da und Du sagst, dass Du sie später abholst. Dann gehst Du zur Toilette. Dort ist unter dem Spülkasten ein anderes Handy befestigt. Nimm es und schmeiß das Alte in den Wasserkasten. Dann geh samt Rucksack durch die Tür mit der Aufschrift Notausgang. Du kommst auf einen Innenhof mit einem Kastanienbaum. Dort wartest Du auf den nächsten Anruf. Wenn Du um 17:30 Uhr nicht da stehst, siehst Du Deine Frau nie wieder! Diesen Zettel legst Du mit dem Geld in den Rucksack."

Mathias las sich diesen Zettel in Rekordzeit durch und hielt sich genau an die Anweisungen. Er sprach kein Wort, packte Geld und Zettel in den Rucksack, steckte sich das neue Handy ein und ging hinaus.

Ihm blieben noch genau 28 Minuten, bis er unter der Kastanie stehen musste. Darum musste jetzt alles schnell und reibungslos klappen. Mathias ging im Laufschritt durch den Park zur Fußgängerzone und kam dabei ordentlich ins Schwitzen. Es war nur gut, dass er wusste wo die Boutique war. Suchen hätte zuviel Zeit gekostet. Der Doktor hatte Glück. In dem Laden war nur ein Ehepaar, das schon von einem Verkäufer bedient wurde. Hinter der Kasse stand eine Verkäuferin, die jetzt kam, ihn freundlich begrüßte und nach seinen Wünschen fragte.

Mathias zwang sich ganz ruhig zu bleiben, um nicht aufzufallen.

„Wie sie sehen können, bin ich für diese große Hitze ziemlich unpassend gekleidet. Ich bin so am Schwitzen, dass ich mich von Kopf bis Fuß neu einkleiden muss. Ich bin sehr in Eile und möchte die Sachen gleich anbehalten."

Der Doktor ließ die Verkäuferin überhaupt nicht zu Wort kommen. „Ich brauche Freizeitschuhe in Größe 45.

Die habe ich schon da vorne im Schaufenster gesehen. Natürlich brauche ich ein Paar Socken, dazu eine kurze Hose und ein Hemd mit kurzen Ärmeln."

Noch während Mathias redete, sah er sich suchend im Laden um. Schnell hatte er zusammen mit der Verkäuferin passendes gefunden. Dabei waren ihm Farbe und Preis egal, Hauptsache es ging schnell.

„Haben Sie eine Tasche, für meine alten Sachen? Ich würde sie noch etwas hier stehen lassen und sie später abholen."

„Selbstverständlich", erwiderte die junge Frau, „das ist überhaupt kein Problem." Mathias ging nun in die Umkleidekabine und zog sich die Neuen

Sachen an. Die Alten brachte er mit der Tasche zur Verkäuferin und bezahlte. Dann fragte er nach der Toilette und fand alles so vor, wie auf dem Zettel beschrieben war.

Als Mathias die Toilette betrat, ertönte ein seltsamer greller Piepton nachdem er die Tür hinter sich geschlossen hatte. Der Doktor versuchte herauszufinden woher das Geräusch kam, aber ohne Erfolg. Er beschäftigte sich aber nicht näher damit, denn die Zeit drängte.

Mathias ahnte nicht, dass es ein kleiner Sender war, der mit diesem grellen Ton alle Abhörgeräte und Peilsender ausschalten konnte! Somit war der letzte Trumpf von Kommissar Sager, ein Miniatur Peilsender im linken

Ohr des Doktors, ausgeschaltet! Das konnte dieser natürlich nicht wissen. Der setzte nämlich gerade jetzt, nach Taschen- und Kleidungswechsel, alle Hoffnungen auf diesen kleinen Sender! Um 17:29 Uhr stand Mathias unter dem Kastanienbaum und wartete!

***

Regina saß auf der Matratze und versuchte sich an das zu erinnern, was sie vor einiger Zeit in der Biographie einer Frau gelesen hatte. Einer Frau, die wirklich entführt worden war und in dem Buch beschrieb, was ihr geholfen hatte, um am Leben zu bleiben.

Bleibe ruhig und konzentriere dich aufs Überleben. *Es ist vielleicht hart, aber bleibe gefasst. Behalte deine Würde, statt hysterisch zu werden oder zu betteln, dass sie dich gehen lassen. Du wirkst dann in den Augen deiner Entführer menschlicher, weshalb sie dich eher am Leben lassen. Versuche auch, nicht zu weinen.*

Wenn du mit deinem Entführer oder Geiselnehmer sprichst, dann sprich stets sanft und deutlich. Sei nicht streitlustig oder unkooperativ. Wenn du deine Entführer gegen dich aufbringst, dann greifen sie dich eher an oder töten dich.

Versuche, eine Bindung zu deinen Entführern aufzubauen, tu aber nicht so, als ob du sie unterstützen würdest. Freunde dich aber nicht mit ihnen an und verteidige sie auch nicht. Wahrscheinlich sehen sie darin eine List und das könnte sie wütend machen.

Wenn du etwas willst oder brauchst, wie Medizin oder Wasser, dann bitte ruhig darum. Es könnte helfen, eine Beziehung aufzubauen.

Sprich mit deinen Entführern nicht über Themen wie Politik oder Religion. Achte so gut wie möglich auf deine Umgebung. Merke dir während deiner

Gefangenschaft jedes Detail. Achte darauf, wie viele Leute dich gefangen halten und darauf, welche besonderen körperlichen Eigenschaften sie eventuell haben. Vielleicht kannst du der Polizei wichtige Informationen geben, durch die sie deine Entführer nach deiner Befreiung schnappen können.

Meditiere oder bete, um deinen Geist stark zu halten, wenn du gefangen bist.

***

Oberkommissar Richard Sager war froh, dass er vorgesorgt hatte und den Doktor von verschiedenen Teams verfolgen ließ.

Der erste Kontakt ging verloren, als Mathias das Geld vom Koffer in den Rucksack packte. Da Herr Schmall auch kein Wort von sich gab, konnte das technische Team um Frau Spork auch nichts mithören.

Da Mathias sich komplett neu einkleidete und auch sein kurzärmliges Hemd weit aufstehen musste, blieb die ganze Verkabelung im Laden liegen. Nun war auch der zweite direkte Kontakt verloren.

Als dann auch noch der Kontakt zu dem Minisender im Ohr des Arztes abbrach, wurde es dem Kommissar langsam richtig warm. Alles hing nun von den Teams ab, die Sichtkontakt zum Arzthalten sollten. Die bestanden jeweils aus zwei Personen. Da die beiden aber auch Abstand halten mussten, hatten sie schon keine Chance mehr, als der Doktor den ersten Zug in der U-Bahn bestieg. Der Kontakt war verloren! Egal was der Kommissar sich auch einfallen ließ, der Arzt blieb verschwunden. Mathias war nun auf sich alleine gestellt!

***

Mathias stand genau eine Minute unter dem Baum, als sein neues Handy klingelte.

„Stehst Du unter der Kastanie?"
„Ja, ich habe es gerade so geschafft."

„Lauf zur U-Bahnstation Mitte. Kauf Dir da eine Tageskarte und geh zum Bahnsteig. Wenn das Handy zweimal klingelt, steigst Du in die nächste Bahn, die hält. Wenn es wieder zweimal klingelt, steigst Du aus."

Damit war das Gespräch beendet. Mathias lief so schnell er konnte zur U-Bahn. Er kaufte die Karte und ging zum Bahnsteig. Der Doktor war noch nicht ganz dort, da rauschte eine Bahn heran und sein Handy klingelte.

Mathias musste regelrecht sprinten um noch einsteigen zu können. Nach nur zwei Stationen klingelte es wieder, das hieß aussteigen. Dieses Spiel machte den Entführern wohl Spaß, denn sie scheuchten Mathias auf diese Weise fast eine Stunde durch die Stadt!

Der war fix und fertig, physisch und psychisch. Darum kam der Anruf wie eine Erlösung.

„Geh in die Bergstraße. In der kleinen Gasse zwischen dem Lotto Geschäft und der Eisdiele steht ein altes braunes Fahrrad. Nimm es und fahr die Gasse weiter in Richtung Heimatmuseum." Monolog beendet.

Der Doktor fand alles so vor, wie es ihm beschrieben wurde. Noch bevor er das Museum erreichte bekam er neue Anweisungen.

„Fahr am Museum vorbei, dann rechts in die Braugasse. Dann die nächste wieder rechts und dort die nächste links. Das ist die Schillerstraße. Wenn Du die erreicht hast, rufst Du an, aber nicht stehen bleiben!"

Mathias lief der Schweiß in Strömen am Körper herunter. Als er die Schillerstraße dann erreicht hatte, brauchte er nicht einmal anzurufen, denn sein Handy klingelte überraschend.

„Las das Fahrrad bei Hausnummer 18 stehen und geh weiter zu Nummer 24. Dort gibt es einen Durchgang zum Innenhof. Auf der linken Seite des Hofes stehen die Mülltonnen. Hinter der Zweiten steht ein Rucksack, der so aussieht wie Deiner. Stell Deinen dahin und nimm den anderen. Geh quer über den Hof und dann durch den zweiten Ausgang. Direkt neben dem Ausgang ist eine Bushaltestelle. Der Bus kommt gleich, steig dort ein und fahr zur Elisabethstrasse. Wenn Du das Fahrrad abgestellt hast, bleiben Dir noch drei Minuten bevor Du im Bus sitzen musst!"

Das Gespräch war beendet bevor Mathias nach seiner Frau fragen konnte und von sich aus anzurufen wagte er nicht, denn das würde nur Zeit kosten. Zeit, die er nicht hatte.

Beinahe mit letzter Kraft hetzte der Doktor zur Tonne und von da aus zum Bus, den er gerade noch rechtzeitig erreichte. Als Mathias im Bus saß, war er froh endlich wieder zu sitzen. Er warf einen Blick in den Rucksack. Der war einfach mit Papier so gefüllt, dass er ungefähr das gleiche Gewicht hatte, wie der mit dem Geld. Als Mathias dann an der nächsten

Haltestelle ausstieg, das war auch schon die Elisabethstrasse, kam die nächste telefonische Anweisung.

„Nimm die Linie 352 und fahr zum Möbelcenter am Ostring." Das war am ganz anderen Ende der Stadt. Diesmal war der Doktor schnell genug und fragte:

„Was ist mit meiner Frau? Wann lasst ihr sie frei? Ich habe doch alles genauso getan, wie ich es sollte."

„Wenn Du dort angekommen bist, erfährst Du alles nötige!"

Verbindung getrennt! Mathias stieg nur fünf Minuten später voller Ungewissheit in den Bus. Die Fahrt dauerte eine halbe Stunde. Eine Zeit, die sich für ihn anfühlte, als säße er im Bus zum Mond! Voller Sorge und mit der

Ungewissheit, ob er alles richtig gemacht hatte, fand Mathias keine Ruhe! Was unternahm die Polizei um seine Frau zu retten? War alles so, wie die Beamten sich das vorgestellt hatten?

In ihm machte sich ein ungutes Gefühl breit. Mathias stand auf und setzte sich wieder und zwar so oft, dass seine Mitfahrer ihn schon ganz merkwürdig ansahen.

Als er sein Ziel erreicht hatte und den Bus verließ, musste der Doktor fasst zehn Minuten auf den ersehnten Anruf warten.

„Wir bedanken uns für die edle Spende und kommen gerne wieder!" sprach der Entführer lachend ins Telefon. Als Mathias das hörte, platzte ihm vor Wut fast der Kragen. Doch er beherrschte sich, denn die Entführer sollten ihm schließlich seine Frau noch gesund übergeben!

Mühsam beherrschte er sich und fragte: „Wo ist meine Frau? Ich bin doch all euren Anweisungen und Forderungen nachgekommen! Also, wo ist sie?"

Einen Augenblick war es ruhig im Telefon und dann meinte der Entführer: „Ist ja gut, wir wollen mal nicht so sein. Du findest sie in…" ein knarren in der Leitung," deeer …. Halle."

Ein durchgehender Piepton ertönte und bedeutete nichts Gutes – der Akku von Mathias seinem Handy war leer!

Er war entsetzt. Das konnte doch nicht sein, nicht jetzt!

„Hallo, melden Sie sich doch! Wo ist meine Frau? Ich habe nicht alles verstanden. Haaallo, hallo hören Sie mich?"

Er schrie immer wieder ins Handy, bis er begriff, dass er keine Antwort bekommen würde. Ein paar Personen waren schon stehen geblieben und schüttelten die Köpfe. Scheinbar hielten sie ihn für verrückt.

Als Mathias klar wurde, dass alles Schreien und Rufen keinen Sinn machte, ergab er sich in sein Schicksal. Er sprach einen der Passanten an und bat ihn um sein Handy, damit er die Polizei anrufen konnte.

Regina wachte auf, heute schon zum zweiten Mal. Wie lange sie geschlafen hatte, wusste sie nicht. Die Frau des Arztes konnte auch nicht sagen wie spät es war und wie lange sie schon in ihrem Gefängnis zugebracht hatte. Das Handy war ihr von den Entführern abgenommen worden und die neue Armbanduhr lag noch zu Hause auf dem Schreibtisch.

Regina sah sich um, aber es hatte sich nichts verändert. Langsam kamen ihre Erinnerungen an die letzten Ereignisse wieder und lösten neues Entsetzen in ihr aus.

Sie sah wieder einen Mann und eine Frau den Raum betreten und auf sich zukommen. Diese Frau ging langsam an ihr vorbei. Die Lehrerin wurde von dem Mann abgelenkt, indem dieser scheinbar besorgt fragte: „Wie geht es Ihnen? Brauchen Sie etwas?"

Als Regina den Mund öffnete, um zu antworten, presste ihr die Frau von hinten ein Tuch auf Nase und Mund. Fast augenblicklich wurde ihr schwindelig und die Arme und Beine schienen nicht mehr gehorchen zu wollen.

Der Mann hielt Regina fest und die Frau begann sie zu entkleiden. Dann führte der Mann sie zu der Matratze und zwang Regina sich breitbeinig darauf zu legen. Die beiden zogen jetzt auch ihre Kleidung aus.

Gleichzeitig betraten zwei weitere Männer den Raum, ebenfalls nackt und sichtlich erregt. Der erste Mann fiel nun über Regina her und vergewaltigte sie brutal.

Die Frau ging zu ihrer abgelegten Hose, nahm ein Handy aus der Tasche und filmte die ganze Szene. Mit obszönen Worten feuerte sie diesen

Mann und später auch die anderen beiden Männer an, es der Lehrerin doch richtig heftig zu besorgen. Aber zwischendurch sorgte sie auch dafür, dass sie selber nicht zu kurz kam!

Regina war nicht imstande sich zu wehren. Im Gegenteil, sie befolgte alle Anweisungen die ihr gegeben wurden wie unter Hypnose. Irgendwann umfing sie eine gnädige Ohnmacht.

Zum Glück war ihr fensterloses Gefängnis immer noch beleuchtet. Das war auch gut so, denn die Erinnerung an diese Vergewaltigungen lösten so einen Ekel in Regina aus, dass sie es gerade noch zur Toilette schaffte, bevor sie sich übergeben musste.

Hinterher spülte sie ihren Mund mit Wasser aus, was aber auch nicht viel nutzte. Regina kam zu dem Entschluss, doch zu versuchen mit den Entführern Kontakt aufzunehmen. Egal was geschehen war. Mit Beinen schwer wie Blei, ging die Frau des Arztes zu Tür und schlug mit der Faust dagegen.

„Hallo, hört ihr mich? Hallo, macht doch auf, ich weiß doch dass ihr da seid! Ich habe solche Schmerzen, gebt mir doch bitte ein paar Tabletten dagegen!" Keine Reaktion. Regina versuchte es wieder und wieder. Immer lauter, immer hysterischer.

Zuletzt schmerzten ihr die Ohren von dem Widerhall und ihre Stimme versagte. Erst jetzt, als Regina am Ende ihrer Kräfte war, wurde ihr bewusst, dass sie immer noch nackt vor der Tür stand.

Mit letzter Kraft ging Regina zu ihren Sachen, die achtlos in einer Ecke lagen und zog sich an. Dann ließ sie sich auf die Matratze fallen und begann zu weinen. Sie ergab sich in ihr Schicksal und es war ihr mittlerweile egal, ob sie hier wieder lebend rauskam. Das was diese Verbrecher ihr angetan hatten, würde Regina nie in ihrem Leben vergessen!

***

Kommissar Sager war im Präsidium schier am Verzweifeln. Alles war gut gelaufen bis zu dem Zeitpunkt, als der Doktor in die Boutique ging. Dort war dann plötzlich der Kontakt abgebrochen. Der Sender arbeitete nicht mehr!

„Was ist das für eine Sauerei? Stellt sofort den Kontakt wieder her!" hatte er seine Leute angeschrien. Aber es war alles vergeblich. Es konnte keine Verbindung mehr hergestellt werden!

Der Oberkommissar schickte ein Observierungsteam direkt zur Boutique um zumindest Sichtkontakt mit Herrn Schaller herzustellen. Einer der beiden Beamten ging hinein und der andere wartete unauffällig draußen und beobachtete den Ein- bzw. Ausgang.

Doch es war kein Doktor zu sehen.

Sie konnten nicht wissen, dass sie Mathias um genau vier Minuten verpasst hatten! Ein wirklich sehr niederschmetterndes Ergebnis! Herr Sager setzte alle seine Leute in Bewegung. Auch die Besatzungen der Streifenwagen erhielten Bilder von Herrn Schaller, mit der Anweisung keinen Kontakt aufzunehmen, sondern stattdessen sofort den Oberkommissar zu benachrichtigen.

Doch alles war vergeblich. Die Entführer waren entweder Profis mit viel Erfahrung, oder Amateure mit unheimlich viel Glück. Die ganze Aktion dauerte jetzt schon drei Stunden und Herr Sager musste eingestehen, dass die Zeit des Handelns vorbei war und er nur noch warten konnte! Der Doktor war wie vom Erdboden verschluckt.

„Hoffentlich ist ihm nichts passiert!" dachte der Oberkommissar besorgt. Die Geisel blieb auch verschwunden und von dem Lösegeld sprach schon lange keiner mehr.

Dann kam ein Anruf von der Zentrale. Die Beamtin meinte nur: „Ich habe hier einen Herrn Schaller in der Leitung und er will nur mit Ihnen sprechen."

„Stellen Sie durch, stellen Sie durch", rief der Oberkommissar erleichtert. Es klickte in der Leitung.

„Schaller hier, sind Sie es Herr Sager?" „Ja, ich bin heilfroh Ihre Stimme zu hören! Warum melden Sie sich erst jetzt und wo sind Sie?"

„Ich bin beim Möbelcenter am Ostring. Zu den Entführern habe ich keinen Kontakt mehr und wo meine Frau ist, weiß ich auch nicht. Bei meinem letzten Gespräch mit den Verbrechern konnte ich nur noch verstehen, dass sie in irgendeiner Halle eingesperrt ist. Dann war mein Akku leer und ich habe keine Ahnung welche Halle gemeint ist, wo diese ist und wie es meiner Frau geht – wenn sie überhaupt noch lebt! Aber ich denke, Sie hatten die ganze Zeit durch den Peilsender Kontakt zu mir?!"

Mathias seine Stimme klang sehr verzweifelt. Der Kommissar musste nun Farbe bekennen.

„Ich muss gestehen, dass wir den Kontakt zu Ihnen in der Boutique verloren haben. Irgendwann hörte der Sender auf, zu arbeiten und wir konnten den Kontakt leider nicht wiederherstellen. Jetzt bleiben Sie bitte da, wo Sie sind. Ich schicke einen Streifenwagen der Sie abholt." Herr Sager beendete das Gespräch von sich aus. Er hatte keine Lust sich jetzt am Telefon die Vorwürfe von Herrn Schaller anzuhören. Vorwürfe, die ohne Zweifel kommen würden.

Der Doktor wurde wie versprochen abgeholt. Auf der Fahrt zum Präsidium sprach er kein Wort – nur mit sich selbst.

„Ich habe alles falsch gemacht! Ich hätte nicht zur Polizei gehen dürfen, dann wäre meine Frau bestimmt schon wieder frei und zu Hause!!"

Im Präsidium wurde Herrn Schaller schon auf dem kurzen Weg zum Oberkommissar das Handy abgenommen. Die Techniker wollten versuchen Spuren, Daten und was auch immer, festzustellen und zu sichern. Der Doktor betrat mit seiner Begleitung einen großen Raum in dem Herr Sager mit fünf seiner Kollegen und Kolleginnen über einen großen Stadtplan gebeugt stand.

„Da sind Sie ja", wurde Mathias vom Oberkommissar begrüßt. „Möchten Sie etwas essen oder trinken?" Der Doktor schüttelte nur den Kopf.

„Dann setzen Sie sich doch bitte hier zu uns an den Tisch und schildern Sie uns ganz genau was geschehen ist, von dem Zeitpunkt an, als Sie die Boutique betreten haben. Versuchen Sie sich ganz genau zu erinnern. Jedes kleinste Detail ist wichtig!"

Der Kommissar ließ dem Doktor mit Absicht keine Zeit, seine aufgestauten Gefühle und Vorwürfe loszuwerden.

Mathias bemühte sich, alles so genau wie möglich zu schildern. Als er zu dem Punkt kam, wo er die Toilette betrat um die Handys zu tauschen und das Alte im Spülkasten zu entsorgen, fiel ihm im letzten Moment dieser grelle Ton ein, der ertönte als er die Tür hinter sich schloss. Sofort wurde er von Herrn Sager unterbrochen.

„Ein durchgehender hoher Ton?" Mathias nickte bestätigend. Der Kommissar wandte sich an einen seiner Kollegen.

„Markus, sieh zu, dass du den Eigentümer der Boutique erreichst. Auch wenn der Laden geschlossen ist, wir müssen hinein! Nimm einen Techniker mit. Dieser Ton könnte von einem Sender stammen, der durch seine hohe Frequenz unseren kleinen

Peilsender ausgeschaltet hat! Wenn ich recht habe, muss dieses Teil ja von irgendjemand dort eingebaut worden sein! Vielleicht gibt es Spuren und bringt auch das Handy aus dem Spülkasten mit!"

Markus verließ den Raum ohne ein Wort und Mathias musste weiter seine Geschichte erzählen. Als er dann an die Stelle kam, wo das Gespräch mit den Entführern urplötzlich beendet war, weil der Akku seinen Geist aufgegeben hatte, hakte der Kommissar noch einmal nach.

„Sie haben also nur noch das Wort *Halle* verstanden? Sind Sie da ganz sicher? Überlegen Sie genau Herr Schaller!"

Der Arzt war am Verzweifeln! Diese Frage hatte er sich selber schon oft genug gestellt. „Es war nur dieses eine Wort! Nur dieses eine Wort!"

Der Oberkommissar sah Herrn Schaller prüfend an. Er sah einen Mann der am Verzweifeln und am Ende seiner Kräfte war. Der Doktor schien in diesen paar Stunden um Jahre gealtert zu sein! Ruhig und mitfühlend, fast schon zärtlich zu nennen, meinte der Kommissar zu Mathias:

„Ich lasse Sie jetzt nach Hause bringen. Sie können hier nichts mehr tun und ich informiere Sie, wenn es was Neues gibt. Vielleicht ruft Ihre Frau an oder sie wurde freigelassen und ist schon auf dem Weg nach Hause."

Das Letzte glaubte Herr Sager selbst nicht, aber er musste Herrn Schaller Mut zusprechen. Das ein

Observierungsteam vor dem Haus des Arztes stand und dort auch bleiben würde, verschwieg der Kommissar ganz bewusst. Mathias verließ den Raum und wurde von den gleichen Polizisten nach Hause gebracht, die ihn auch abgeholt hatten.

***

Herr Sager wandte sich an seine Kollegen und Kolleginnen.

„Leute, ihr wisst Bescheid! Wir suchen eine Halle bei uns in der Stadt und in der näheren Umgebung. Da wir Donnerstag, also einen Werktag haben, muss dieses Gebäude leer sein und abseits stehen. Sonst wäre es viel zu gefährlich dort einen Menschen gegen seinen Willen festzuhalten. Wir wissen nicht einmal wie groß das Gebäude ist und ob es den Namen „Halle" wirklich verdient. Also sucht nach Gebäuden mit diesen Kriterien. Die Kollegen von der Verkehrspolizei helfen uns. Die sind tagtäglich da draußen unterwegs und sehen mehr als wir. Noch etwas: wir suchen immer noch eine lebende Geisel! Eine Frau, die irgendwo festgehalten wird und darauf vertraut, dass wir sie finden! Also kniet euch rein, strengt euch an! Wir sind momentan die einzige Hoffnung für Frau Schaller!"

Zustimmendes Gemurmel war von allen Seiten zu hören. Ein Teil der Beamten befasste sich wieder mit dem großen Stadtplan, die anderen versuchten ihr Glück am PC.

Nach ungefähr zehn Minuten meldete sich eine junge Frau zu Wort. Sie war Kommissar Anwärterin und hieß Leonore Brandt.

„Herr Sager, ich habe eine Idee!" Sofort wandten sich ihr alle Köpfe zu. Der Oberkommissar schätzte die engagierte Nachwuchs Kommissarin.

„Ich höre, Frau Brandt!" kam deshalb sofort seine Antwort.

„Der Doktor hat doch nur „Halle" verstanden. Wir haben jetzt seit zwei Wochen Ferien. Könnte eventuell auch eine der momentan nicht genutzten Turnhallen gemeint sein? Natürlich keine in den größeren Schulzentren, sondern eine Halle die z.B. zu einer Grundschule gehört."

In diesem Moment hätte man gehört, wenn eine Stecknadel zu Boden gefallen wäre.

„Sie haben Recht, Sie haben verdammt noch mal Recht! Daran hat noch keiner gedacht!" wurde Leonore von ihrem Vorgesetzten gelobt.

„Das ändert natürlich schon einiges und darüber muss ich jetzt mit dem Kriminalrat sprechen! Ich hoffe, er ist noch im Haus!"

Nach diesen Worten eilte der Oberkommissar zur Tür hinaus. Er hatte das Zimmer des Kriminalrates noch nicht erreicht, als ihm auf dem Flur zwei bekannte Hauptwachtmeister begegneten, die über einen Einsatz sprachen den sie gerade hinter sich gebracht hatten.

„Sowas habe ich noch nicht erlebt", meinte gerade einer der beiden. „Es ist noch hell draußen, die fahren auf gerader Strecke und landen mit dem Auto im Graben und zwar so heftig, dass alle vier ins Krankenhaus müssen."

„Der Zeuge im Wagen hinter ihnen hat ja ausgesagt, dass die Insassen sich offensichtlich gestritten haben und der Fahrer dadurch die Kontrolle über das Fahrzeug verloren hat!"

Diese Feststellung kam vom zweiten Polizisten. Er kam dann zum wohl wichtigsten Punkt.

„Das Besondere sind mit Sicherheit die 400000 Euro welche wir in einem Rucksack gefunden haben. Hoffentlich dauert es noch, bevor die Presse davon Wind bekommt. Dann können wir noch in Ruhe ermitteln woher das Geld kommt."

Der Oberkommissar blieb stehen, als wäre er gegen eine Wand gelaufen und fragte die beiden Wachtmeister:

„Habt ihr da gerade von 400000 € gesprochen?" Die zwei Männer blieben stehen und sahen ihn erstaunt an.

„Ja, die haben wir bei unserem letzten Einsatz in einem verunfallten PKW gefunden", antwortete der ältere von den beiden.

„Wo ist das Geld jetzt?" wollte Herr Sager sofort wissen. „Da die Insassen des PKWs alle im Krankenhaus sind, haben wir das Geld erst einmal in die Asservatenkammer gebracht."

„Das Geld muss sofort zur KTU, damit es dort auf Fingerabdrücke untersucht werden kann. Die Wahrscheinlichkeit ist groß, dass es das erpresste Lösegeld aus meinem Entführungsfall ist! Wie schwer sind die Personen verletzt?"

„Soweit wir wissen, müssen die drei Männer stationär aufgenommen werden während die Frau nach einer kurzen Behandlung wohl wieder nach Hause kann. Wir haben ihre Personalien und sie hat zur Auflage bekommen sich um 9:00 Uhr morgen hier einzufinden."

„Wie heißt die Frau und wie sieht sie aus?" „Sie heißt Miriam Hartwig, ist 38 Jahre alt und trägt eine schwarze Jeanshose mit einem roten T-Shirt darüber."

„Danke, das war jetzt enorm wichtig!" mit diesen Worten drehte sich der Oberkommissar um und rannte zurück. Er riss die Zimmertür auf und rief seinen Leuten zu:

„Herr Schüler und Frau Brandt! Sie beide setzen sich sofort ins Auto, fahren so schnell wie möglich zum Krankenhaus und nehmen dort eine Frau fest!"

Der Oberkommissar erklärte kurz den Sachverhalt und gab die Beschreibung weiter. Danach eilte er zu seinem Vorgesetzten und schilderte dem die Sachlage. Wichtig war vor allem, dass die Geldscheine so schnell wie möglich auf Fingerabdrücke untersucht werden sollten. Der Kriminalrat war mit allem einverstanden und veranlasste alles Nötige.

***

Oberkommissar Sager lief in dem Raum hin und her wie ein Tiger im Käfig. Er wartete auf das Ergebnis aus der KTU. Inständig hoffte er, dass seine Vermutung richtig war und auf den Geldscheinen Fingerabdrücke der vier Autoinsassen zu finden waren. Damit wäre bewiesen, dass sie die Entführer waren.

Sein Handy klingelte. „Was gibt es neues Frau Brandt?" Pause. „Großartig! Bringen Sie die Frau gleich in den Vernehmungsraum wenn Sie wieder hier sind und sagen mir dann Bescheid." Damit war das Gespräch beendet.

Die Tür ging auf und ein Mitarbeiter der KTU kam herein. Der Kommissar sah ihn an, als wollte er ihn hypnotisieren. Sagte aber kein Wort.

„Sie hatten Recht mit Ihrer Vermutung, Herr Oberkommissar! Auf fast allen Geldscheinen haben wir Fingerabdrücke gefunden. Wir hatten Glück und konnten die von Herrn Schaller eindeutig zuordnen. Für alle anderen brauchen wir aber Vergleichsproben."

„Gleich kommen meine Mitarbeiter mit einer Verdächtigen. Von der nehmen Sie sofort die Fingerabdrücke! Vielleicht haben Sie ja nochmal Glück und finden auch diese auf einem der Geldscheine."

Der Mann von der KTU nickte und ging wieder hinaus. Es dauerte aber noch fünfzehn Minuten, bis Frau Brandt sich bei Herrn Sager meldete.

„Von Frau Hartwig wurden schon die

Fingerabdrücke genommen und ich habe sie dann gleich hier in den kleinen Vernehmungsraum gebracht."

Der Oberkommissar bedankte sich und ging in das Zimmer neben dem Vernehmungsraum. Dort wurden die Verhöre aufgezeichnet und man konnte in den benachbarten Raum sehen, ohne selber gesehen zu werden.

Herr Sager sah sich die Verdächtige genau an. Wie er wusste, war Frau Hartwig 38 Jahre alt. Sie hatte kurze schwarze Haare, blaue Augen und eine durchtrainierte Figur. An ihrem linken Arm und auf dem Handrücken, waren verschieden große Pflaster zu sehen.

Die Frau machte einen ruhigen und selbstsicheren Eindruck. Nur die Augen wanderten unstet hin und her und blieben immer wieder an der Polizistin hängen, die zu ihrer Bewachung neben der Tür stand.

Die Tür öffnete sich und Frau Brandt stellte sich neben ihren Vorgesetzten.

„Kann ich das Verhör von hier verfolgen?" fragte die Kommissar Anwärterin. Sie wollte natürlich etwas lernen. Herr Sager sah sie an und nickte zustimmend.

„Wie würden Sie vorgehen?" wollte der Kommissar von ihr wissen.

„Ich würde aggressiv vorgehen, da wir wissen, dass sie an der Entführung beteiligt war. Die drei Komplizen sind momentan nicht ansprechbar und wir müssen so schnell wie möglich wissen, wo wir Frau Schaller finden."

Herr Sager sah sie an und nickte. „So machen wir es! Kommen Sie"! Frau Brandt sah ihn groß an. „Ich soll…" weiter kam die junge Frau nicht, denn der Kommissar ging schon zur Tür hinaus. Sie holte tief Luft und ging ihm hinterher – was sollte die Kommissar Anwärterin auch anderes machen? Herr Sager war schließlich ihr Vorgesetzter.

Der war schon im Vernehmungsraum und Frau Brandt schloss die Tür hinter sich. Auf ein Handzeichen von ihm setzte sie sich auf einen der beiden freien Stühle während der Kommissar stehen blieb und Frau Hartwig ansah, die an der anderen Seite des Tisches saß.

„Ich bin Oberkommissar Sager und das ist meine Kollegin Frau Brand", eröffnete der Kommissar das Verhör. Zu mehr kam er aber nicht.

„Es wurde aber auch Zeit, dass sich endlich jemand hierherbemüht und bei mir entschuldigt! Ich bin eine unbescholtene Bürgerin und werde abgeführt und behandelt wie eine Verbrecherin. Das wird Konsequenzen für Sie und Ihre Mitarbeiter haben, dessen können Sie sicher sein!" Frau Hartwig sprach sehr laut und schlug zur Bekräftigung ihrer Worte noch mit der flachen Hand auf den Tisch.

Dem Kommissar sah man nicht an, ob er sich von dieser Rede hatte beeindrucken lassen. Im Gegenteil, er stützte sich mit beiden Händen auf dem Tisch ab und beugte sich lächelnd zu der Frau hinunter.

„Gut gebrüllt Löwe, pardon, Löwin!" Das klang genauso spöttisch, wie es auch gemeint war. Doch dieser Tonfall war nur eine Momentaufnahme und änderte sich jetzt schlagartig.

„Eine unbescholtene Bürgerin? Das ich nicht lache! Nach dem jetzigen Stand der Dinge gehen Sie ins Gefängnis wegen Entführung und räuberischer Erpressung. Wenn Sie mir nicht sofort sagen wo wir Frau Schaller finden, kommt auch noch Mord hinzu."

Frau Hartwig stand auf, beugte sich zum Kommissar hinüber und giftete ihn an.

„Haben Sie heute zu lange in der Sonne gelegen? Was soll dieser Schwachsinn? Ich weiß von keiner Entführung und eine Frau Schaller kenne ich auch nicht!"

„Woher kommen dann die 400000 € die wir heute im Kofferraum Ihres Unfallwagens sichergestellt haben?"

„Ich weiß von keinem Geld!"

„Wie kommt es dann, dass wir nicht nur die Fingerabdrücke von Herrn Schaller, der ja das Geld übergeben hat, an den Geldscheinen gefunden haben, sondern auch Ihre?"

Das mit den Fingerabdrücken von der Verdächtigen war natürlich ein Schuss ins Blaue, aber das wusste die Frau ja nicht. Wenn Blicke töten könnten, wäre Herr Sager jetzt tot umgefallen. Frau Hartwig schwieg und setzte sich wieder.

Bevor der Kommissar noch mehr sagen konnte, öffnete sich die Tür.

Herr Schüler schaute herein und sagte: „Kommt ihr beiden bitte mal raus. Es ist wichtig!"

Herr Sager und Frau Brandt wunderten sich zwar, gingen aber ohne Kommentar hinaus.

„Was gibt es denn so Wichtiges?" wollte Herr Sager natürlich sofort wissen.

„Die KTU hat in dem Unfallwagen noch ein leicht beschädigtes Handy gefunden. Es ist von der Verdächtigen. Was die Kollegen darauf gefunden haben, müsst ihr euch ansehen!"

Herr Schüler hielt den beiden das Handy hin und spielte ein Video ab. Es dauerte nur zwei bis drei Minuten, da lief Frau Brandt zur Toilette und übergab sich vor Ekel und Entsetzen.

In dem Gesicht von Herrn Sager war es am Arbeiten. Er riss seinem Kollegen das Handy förmlich aus der Hand und ging damit in den Vernehmungsraum. Ohne Worte legte er es auf den Tisch vor Frau Hartwig und ließ das Video wieder laufen.

Nun half kein leugnen mehr, denn es war immer wieder ihre Stimme zu hören.

„Wo ist sie?" der Kommissar sprach nur diese drei Worte. Seine Stimme vibrierte dabei und er musste sich mit aller Kraft zusammenreißen, um nicht handgreiflich zu werden!

Frau Hartwig war nicht darauf vorbereitet, den von ihr gedrehten Film zu sehen. Diesen Schreck musste sie erst einmal verarbeiten. Ihre Gedanken rotierten. „So ein Mist! Nur wegen dieser blöden Streiterei sitze ich jetzt hier, sonst wäre ich mit meinem Anteil von 100000 € schon in Italien."

Die Frau überlegte intensiver. Was für Möglichkeiten blieben ihr jetzt? Sie kannte den Aufenthaltsort von Frau Schaller und war sich sicher, dass deren Situation nicht lebensbedrohlich war. Doch war sich Frau Hartwig darüber im Klaren, dass sie nur gute Karten hatte, solange ihre Kumpanen nicht vernehmungsfähig waren.

„Ich bin zwar erstaunt darüber, dass die Frau noch nicht zu Hause war, aber natürlich sage ich Ihnen wo sie ist, denn ich möchte nicht, dass sie leidet. Danach möchte ich einen Anwalt und wenn dieser zustimmt, einen Deal mit dem Staatsanwalt. Ich würde dann die Kronzeugin machen, denn ich bin auch ein Opfer, weil ich gezwungen wurde bei allem mitzumachen!" Bei diesen Worten gelang es Frau Hartwig sogar ein paar Tränchen kullern zu lassen.

Dem Kommissar fehlten die Worte, denn er glaubte dieser Frau nicht. Doch das war jetzt zweitrangig, er brauchte den Ort, wo die Frau des Arztes festgehalten wurde. Herr Sager nickte nur und Frau Hartwig nahm das als Einverständnis.

„Wenn sie wirklich noch nicht zu Hause ist, dann finden Sie Frau Schaller in der Maistedter Grundschule und dort in der Nasszelle der Turnhalle."

Maistedt war ein Dorf etwa 5km

außerhalb der Stadt. Für diese Verbrecher sicherlich ein optimaler Ort, da die Turnhalle direkt an ein Waldgebiet grenzte.

Der Kommissar leitete alles in die Wege. Seine Beamten, Kollegen der KTU und ein Rettungswagen machten sich auf den Weg. Sie fanden die Frau des Arztes ohne Probleme.

Frau Schaller war total erschöpft und apathisch. Als ihr Mann die Nachricht erhielt, dass seine Frau gerettet war, brach er mit einem Weinkrampf zusammen.

***

Ein gutes halbes Jahr später stand Herr Schaller weinend am Grab seiner Frau. Das was sie erlebt hatte, konnte sie nicht vergessen und verarbeiten. Weder Ärzte noch Therapeuten konnten ihr helfen. Frau Schaller beendete ihr Leben mit einer Überdosis Tabletten.

Der Doktor folgte ihr nur eine Woche später...

VITA

Kurt von der Heide wurde 1959 in Ostwestfalen geboren. Er ist verheiratet und hat zwei erwachsene Kinder. Seit seiner Jugend beschäftigt er sich mit dem Schreiben.

Angefangen mit Erzählungen und Reiseberichten, schreibt er heute Romane, Kinderbücher, Gedichte, Kurzgeschichten und religiöses.

Bereits in mehreren Anthologien sind Gedichte und Kurzgeschichten von ihm erschienen.

Erfolgreiche Teilnahme an Ausschreibungen sowie Wettbewerben.

Das Motto seiner Lesungen lautet: Vor Überraschungen ist man niemals sicher!

Besuchen Sie ihn auf seiner Homepage:
www.kurtvonderheide.de

Folgende Publikationen sind außerdem von ihm erschienen:

<u>Romane</u>

Der Todeskoffer
Paperback
ISBN 978-3-7386-5476-9
316 Seiten

Der Gewalt ausgeliefert
Paperback
ISBN 978-3-7418-6631-9
306 Seiten

Hass ist ein scharfes Schwert
Paperback
ISBN 978-3-7502-0566-6
415 Seiten

Erotik

Der Mann mit den Eiern: Ein erotischer
Roman - Humorvoll, spritzig und frivol
Paperback
ISBN 978-3-7431-8835-8
208 Seiten

<u>Kurzgeschichten</u>

Kurzweilige Kurzgeschichten
Paperback
ISBN 978-3-7322-4562-8
64 Seiten

Kurts neue Geschichten
Paperback
ISBN 978-3-7357-8104-8
124 Seiten

Die Bank am Meer
Paperback
ISBN-13:9783752625158
136 Seiten

Gedichte

Gedichte - meine Träume
Paperback
ISBN 978-3-7322-4449-2
56 Seiten

Religiöse Gedichte - denn wer glaubt
vertraut
Paperback
ISBN 978-3-7322-5003-5
60 Seiten

Denn wer glaubt vertraut Teil II
Paperback
ISBN 978-3-7322-4422-5
100 Seiten

Humorvolles

Lippisches Allerlei
Paperback
ISBN 978-3-7357-8727-9
112 Seiten

Lippisches Zweierlei
Paperback
ISBN 978-3-7418-8207-4
102 Seiten

Lippisches Durcheinander
Paperback
ISBN 978-3749409051
100 Seiten